AF451263

Un lugar hermoso para quedarse

Carolina Vázquez

EDIQUID

UN LUGAR HERMOSO PARA QUEDARSE
© Carolina Vázquez

Editado por: Corporación Ígneo, S.A.C.
para su sello editorial Ediquid
José Olaya 169, Ofic. 504, Miraflores. Lima, Perú
Primera edición, septiembre, 2024

ISBN: 978-612-5160-55-3
Tiraje: 50 ejemplares

Hecho el Depósito Legal en la Biblioteca Nacional del Perú N° 2024-08459
Se terminó de imprimir en septiembre del 2024 en:
ALEPH IMPRESIONES SRL
Jr. Risso Nro. 580 Lince, Lima

www.grupoigneo.com
Correo electrónico: contacto@grupoigneo.com
Facebook: Grupo Ígneo | X: @editorialigneo | Instagram: @grupoigneo

Colección: Nuevas Voces

Contenido

Para Iván, mi amigo.

«Es» mi amigo, ya que decir «era» sería matar su recuerdo, así que escribo «es», porque Iván está vivo en cada risa, idea, palabra, sueño o esperanza que nos dejó cuando la memoria lo recuerda.

El dominó

—Mira, te enseño, no es tirar fichas por hacerlo, debes concentrarte y derrotar al enemigo, je, je, je. No me mires con esa cara de ¿cómo? Es sencillo, debes contar las fichas que pone el otro, más las que están en la mesa, más las que tienes tú.

—Más o menos lo entiendo, es que siempre tiré fichas, peeeero no debe ser difícil. —eligió sus fichas después de que terminé de revolverlas.

—No lo es. ¿Sabes qué es lo que más gusta del dominó?

—¿Qué? —dijo sin mirarme, mientras acomodaba sus fichas.

—¡Las capicúas!

—¿Capicúas? ¿Qué es eso? —abrió los ojos al juego con atención, como si estuviera lejos de él. Estaba analizando sus fichas, seguramente.

—Bueno, es un fenómeno curioso porque se da tanto en la lengua como en los números; en la escritura se llama «palíndromo», que es cuando escribes una palabra y la puedes leer al derecho y al revés… ¿qué? —me reí—. ¿Por qué me ves así? No te estoy chamaqueando. No se te ocurre ninguna, ¿verdad? Es como… «Ana» o «Rotor» o como la peli *Tenet*.

—Aaaaaah, ¡qué interesante! —sonrió de oreja a oreja—. ¿Y la capicúa? —dejó de acomodar sus fichas y levantó la mirada sosteniendo la sonrisa.

—¡Espera, Iván! No te adelantes, estás arruinando lo romántico del tema. La capicúa es lo mismo que el palíndromo, pero con números y aplica especialmente para el dominó. No sé si este fenómeno, como me gusta llamarlo, se presente en otros juegos, pero en el dominó sí, ¡la capicúa para mí es la jugada maestra!

Tiré una ficha y él de inmediato tiró otra.

—La jugada maestra, ¿eh? ¿Y cómo es esa jugada maestra?

—Bueno, te vas por los dos lados. Pero, espera, no solo es «irse» del juego, sino que al poner tu ficha le ganas al oponente por ambos lados, es como un *jaque mate* perfecto.

Asintió con la cabeza mientras tiraba su ficha detrás de la mía una vez más.

—¡Ya cacho! —dijo.

—¿Sí? Iván, ¡mírame! La capicúa es interesante, es mágica porque por ambos lados ganas, y eso quiere decir que cuadraste el juego.

Puse otra ficha y levanté las manos en son de emoción mientras todos en el restaurante voltearon a verme, pero la vergüenza no me importaba.

—¡Capicúa! —tiró una ficha y sonrió, mirándome como cuando te ve un niño pequeño al sostenerse por primera vez en la bicicleta, queriendo ver tus ojos de orgullo.

—No, Iván, todavía no es capicúa, tienes que ganar. No ha terminado el juego, así no vale —puse otra ficha.

—¡Ah, ya! Más adelante —puso otra ficha.

—Sí, más adelante —volvía a salir yo.

—¡Mira, capicúa! —plantó en la mesa una ficha que efectivamente se iba por los dos lados.

— O sea, sí pero no, porque todavía tenemos fichas para jugar y no has ganado.

—Dijiste que cuando tirara. Tiré una ficha y me fui por los dos lados.

—Sí, pues, pero debes terminar el juego también, ¿no escuchaste toda mi explicación? No es a medio juego, ¿vale? Te toca comer —dije desesperada.

—No entiendo lo de la capicúa entonces.

—Así como lo haces, pero hasta que se termine el juego —hablé entre dientes esta vez.

—Ya se termina esta batalla para mí. Mira, por cierto, ¡capicúa!

—¡Iván! Es que todavía tienes fichas, acabas de comer una más —le comenté seria, moviendo los ojos de un lado a otro, ya impaciente—. No, no me mires así, es que... —tiré una ficha e inmediatamente él tiró otra—. No, no es capicúa... ¡bueno, olvídalo, tú avienta fichas y listo!

—No, Caro, enséñame.

Justo entonces tuve que comer. Puse mis manos sobre la cabeza viendo al aprendiz tan confundido, para luego arañarme los cachetes con desesperación e impotencia.

—Eso intento —me tranquilicé y sonreí.

—No te enojes —me miró y sonrió como si tuviera ocho años, con la intención de frenar la situación.

—¡No me enojo, me desespero! —le dije entre dientes, levantando un poco la voz.

—Sí, te enojas.

—No, ¡no me enojo! —calmé la voz—. Mira, olvida lo de la capicúa, te enseño otros *tips* del dominó.

—¡Ya gané! —sonrió de oreja a oreja y sus ojos se iluminaron buscando la aprobación en los míos—. ¡Ahora sí, capicúa!

—Pero, no, no has ganado, o sea, sí te fuiste...

—¡Come! —sonrió con amabilidad.

Sin darme cuenta, Iván me distrajo con falsas capicúas para luego triunfar con una real, cerrando el juego por ambos lados y dejándome con todas las fichas faltantes. Me había ganado, mostrando esa característica sonrisa y ternura que lo distinguían. En definitiva, no podía enfadarme, a pesar de que había fingido que no sabía jugar para vencerme.

Así es como recuerdo a Iván: solía envolver a las personas con sonrisas, chistes que se convertían en risas y risas que, a su vez, se transformaban en amistades. Pero lo más destacado era la humildad en sus ojos, aunque sabía que el mundo estaba a sus pies.

Omitir información, ¿es mentir?

—¿Sabías que existe una enfermedad que hace que un hombre parezca mujer? —apagué la televisión mientras volteaba a verlo.

—¿Como los hermafroditas? —me devolvió la mirada, sonriendo.

—No precisamente, Iván. Es que, mira, es un hombre, pero su físico es de mujer, todo el tiempo se ve como mujer y tiene vagina.

—¡Entonces no es un hombre, es mujer! —cambió el tono de voz, resaltando que era obvio lo que decía y que no había tema de discusión.

—Nop, porque sí es un hombre, tiene su aparato reproductor por dentro. Recuerda que todos parecen niñas al principio y luego se transforman en hombres. Entonces, basándonos en esto, es un hombre que se ve como mujer, los papás ven la vagina y creen que es una mujer. Por lo tanto, lo visten y lo hacen interactuar como mujer, pero no lo es. ¿Me sigues?

—Sí, bueno, más o menos, es superconfuso, pero ¿a dónde quieres llegar, Caro?

En este punto comenzaba a desesperarse, la plática parecía no serle muy amena (y estoy segura de que tampoco lo es para ti, mi querido lector, pero espera un momento, ya estoy por llegar al punto):

—Pues bien, imagínate que estás ante ese caso… ¡que fueras el doctor!

—¿Cómo se llama la enfermedad?

—No sé, pero existe, me lo dijo un gine.

—Y cómo voy a imaginarme que soy el doctor y determinar algo si no sé cómo se llama la enfermedad.

—¡Iván escucha! Es que no importa que no sepas el nombre, o sea, imagina que ya les dijiste el nombre de la enfermedad —levanté la voz emocionada, porque comenzaba el juego.

—Va, ya les dije el nombre de la enfermedad que no conozco, pero de la cual soy experto —contestó un poco irónico y cerró los ojos.

—¡No hace falta que cierres los ojos, Iván!

—Estoy imaginando… son mis trucos de doctor-no doctor.

—¡Ándale pues! Doc, ahora imagine que tiene a la pareja enfrente, ¿qué haría su eminencia? Recuerda que eres experto en fertilidad.

—¡Cómo! —abrió los ojos de par en par, se llevó la mano a la cabeza y comenzó a rascarse.

—¡Pues cómo que cómo! La pregunta del millón es… —golpeé las palmas en mis mulsos simulando un redoble de tambores—. ¿Les dices?

—¿Por qué me preguntas eso? Qué difícil decisión, o sea, salgo de trabajar y todavía tengo que pensar en la solución de un problema que no ha pasado pero que quieres que lo resuelva.

—¡Sí! —lo miré con ternura, abriendo los ojos y con un puchero—. ¿Juegas conmigo?

—Pues sí les digo.

—¿Por quééééé? ¡Qué gacho, podrías omitir la verdad!

—Estaría mintiendo y no es ético mentir, va contra mis principios y profesión.

—¡No inventes, eres abogado! Eso es lo más antiético que existe.

—Por eso me convertí en abogado, para buscar la verdad.

—¡Ay, no mames! —me miró con sorpresa y cierto disgusto—. Arruinarías sus vidas. Imagina que tienen una vida perfecta y solo te buscan porque no pueden concebir hijos. La única forma de llegar a la verdad es realizar un análisis de ADN, y es ahí donde descubres que es un hombre. Tienes los análisis en tus manos y eso explica su incapacidad para tener hijos. Si les dices, destrozarías a la familia (a ella o a él, je, je, je). Estarías arruinando por completo la vida de esa persona debido a tus creencias.

—No lo arruinaría porque habrían dejado de vivir en la mentira.

—Pero eso sería cruel, imagina todo lo que sucedería si el hombre de la relación descubriera que se casó con otro hombre… Mi consejo es que omitas la verdad. Simplemente no menciones la razón específica. En cambio, concéntrate en responder a la pregunta: «¿podemos tener hijos?» La respuesta sería «no», y cuando te pregunten por qué, limítate a explicar que existen parejas que son incapaces físicamente de concebir. Esto ocurre con muchas parejas. Mi recomendación sería que consideren la adopción y solucionen el tema de esa manera.

—Seguiría siendo cruel, porque es una mentira piadosa que encubriría un problema.

—¡Que nadie sabría, más que tú Iván!

—La realidad siempre sale a la luz, pero la verdad es que no lo sé —hizo una pausa, quizás repasaba nuestros diálogos y experimentaba una catarsis ante aquel supuesto. Parecía que estaba a punto de omitir la verdad y en ese momento nos convertimos en dos colegas médicos debatiendo el futuro de una pareja. Todo indicaba que yo iba a ganar el debate.

—¡Omítela y ya! La omisión no es mentir.

—No lo sé, dentro de mí creo que sí es mentir —bajó la voz y miró sus pies, mientras los movía de arriba abajo.

—No lo es, la omisión es solo no decir cosas que nadie te preguntó.

—Caro, es que creo que puedes decir la verdad de una forma táctica, de un modo que pueda ser racional y emocionalmente correcto.

—¡Patrañas, Iván! No son estúpidos, tarde o temprano descifrarían lo que les quisiste decir y eso generaría caos. Un caos que haría que esta pareja cayera en picada, aferrada a los pensamientos que se avecinen, y de estos pensamientos surgirían los problemas y así hasta que no pueda detenerse la bola de nieve. ¡Yo digo que la omitas!

—Caro, pero… es importante, son sus vidas.

Me miró con ternura, como si tuviéramos a los dos esposos enfrente. Imaginé el sonido del tictac del reloj mientras en verdad decidía si debía decirles la noticia o no. Me miró sin aceptar que estábamos en bandos diferentes ante la discusión. Observé sus ojos adentrándome en la oscuridad de ellos y me di cuenta de que deseaba que yo no omitiera la información, sino que dijera la verdad.

—No puedo, Iván, de corazón te digo que si la verdad es dolorosa, solo respondería lo que me preguntan para que sigan con sus vidas, no haría un daño más grave del que ya existe, cuando no me están preguntando.

—¡Ya lo he decidido! —me interrumpió—. Sí diría la verdad, ¿sabes por qué?

—A ver, ¿por qué? O sea, cuéntame por qué le arruinarías la vida a una familia feliz que solo no puede tener hijos y ya.

—¿Cómo sabes que son felices?

—Los sujetos que te estoy presentando en este experimento lo son.

—Seguro no, porque quieren tener hijos y no pueden.

—¡Iván, sí lo son! Porque quiero que te sientas peor al determinar que…. ¡les dirás la verdad!

Crucé mis brazos y lo miré fijamente a los ojos, esperando que su respuesta fuera tan brillante como para convencerme de que dos personas felices merecían saber esa pinche verdad culera.

—De todos modos, la diría porque nadie merece vivir engañado. Mi palabra como profesionista cuenta y tiene valor. ¡La verdad ante todo, por eso estudié derecho! Hoy en día la subestimados, la devaluamos y la ocultamos. ¿Por qué? Porque duele, preferimos refugiarnos en una mentira que no duele, que es cómoda ante una verdad que generará incomodidad, y olvidamos el verdadero sentido de la sinceridad. Es obvio, Caro, que diría esa verdad con respeto y no como un juego, porque sé que tengo sus vidas en mis manos y la forma es de suma importancia. Con respecto a la verdad, es importante honrarla y seguirla. Es curioso, el ser humano busca que le digan la verdad, pero cuando la tiene en frente no le apetece verla. No se dice por miedo a herir o a ser herido, pero al decir la verdad, no solo sucederán cosas que causarán dolor, sino que también traerán sanación, y eso es lo bello de decirla. Las situaciones pasadas encontrarán sentido, las frases dichas cobrarán significado después de conocer la verdad. Por eso la diría: nadie merece vivir en una mentira, incluso si es una mentira feliz.

—No lo sé, Iván, qué difícil debe de ser decidir si vivir en una mentira feliz o en una realidad triste. ¡Vaya dilema! ¿No?

—No hay dilema, Caro, porque tú decides cómo ves tu vida después de saber la verdad, y eres tú el que decide qué hacer con la vida que tienes, si destruirla o echarle los kilos.

Me sonrió con dulzura y abrazó el peluche que estaba a un lado del sofá, en son de triunfo. Y sí, había triunfado. Sus últimas palabras habían formado una capicúa en mi mente una vez más.

Mi vida cabe en una maleta

—¿Bueno?, ¿bueno? Iván, no te escucho.

—Voy para Guadalajara. ¿Me oyes?

—No, no te escucho, cuál agua, no te oigo. ¡Espera, ya me muevo!

—Caro, ¿me oyes? Voy a Guadalajara.

—¿Cómo? Qué gusto, después de tres años ya vienes para acá.

—Sí, ya voy, la vida se está haciendo monótona, y tu ciudad me encanta.

—Y… ¿el dinero? Qué onda, pensé que andabas corto.

—El dinero va y viene. La vida es tan corta. Llego el jueves y te escribo. Por cierto, no compré *ticket* de regreso.

—¿Estás loco? ¿Y el trabajo? —colgó sin contestar.

Pasaron varios días antes de nuestra siguiente llamada. Sinceramente, pensé que estaba bromeando y no le presté mucha atención. Sin embargo, una mañana de lunes recibí un mensaje en mi celular.

Iván: ¡Aquí se llama Fornino! Acá venimos a cenar un día tú y yo, ¿recuerdas?

Leí el mensaje que acababa de enviarme. Al verme en línea, me mandó de inmediato su ubicación y respondí.

Caro: ¡Ándale, qué a gusto tú!

Pasó una hora hasta que contestó.

Iván: ¿Qué andas haciendo?

Volvió a enviar su ubicación, y el teléfono indicaba que estaba en la colonia Providencia.

Iván: ¡Mi segundo hogar, Provi!

Caro: En casa…. Un momento. ¡Iván! ¿No estabas en Chihuahua? Llevas toda la pandemia allá, ¿qué onda? ¿Me estás cotorreando con las ubicaciones?

Iván: Aquí ando de visita en Guadalajara, acuérdate que te llamé y te dije que venía.

Caro: Y me colgaste también, y dijiste que no tenías *ticket* de vuelta…

Iván: Ah, sí, je, je, je. Tendré que comprar uno, quizás… ¿Y tú cómo estás?

Caro: Iván, ¿y tu novia?

Iván: Quién sabe, se enojó. Yo creo que ya no me pela mucho.

Caro: Buuu.

Iván: Ya sé, ni modo, pero y tú, Caro, ¿tú cómo estás? Me voy el jueves, ¿nos vemos?

Caro: ¿Tienes *ticket* o no?

Ya no contestó. Pensé que era una de sus bromas. Me había llamado en su cumpleaños hace un año porque había olvidado escribirle. Desde ese día, nuestras pláticas eran esporádicas, pero esta vez me dejaba con la incógnita de si estaba o no en Guadalajara. Decidí no preocuparme por Iván. Cualquier cosa que tuviera entre manos, seguro en su debido momento lo sabría.

Pasaron quince días más para saber de él y, al igual que siempre caen las hojas del árbol el primer rasgo del otoño, volvió a escribir:

Iván: ¡Este barco no zarpó! Es que te dije que fui a la ayahuasca, ¿verdad?

Caro: No. ¿Qué pasó? ¿Por qué sigues en Guadalajara?

Iván: Pues creo que algo me hicieron ahí, porque el domingo, al terminar el ritual, decidí que ya no me iba. Tenía estos días de vacaciones, así que los pedí. Total que mandé mi currículo para una vacante de abogado acá en tu ciudad y me hablaron. Así que me fui a cortar el cabello, compré un saco y me lancé a hacer la entrevista y los exámenes.

Caro: Espera, no estoy entendiendo, ¿tienes una entrevista de trabajo en Guadalajara?

Iván: Ya la hice, nota vieja.

Caro: ¿Y cómo te fue?

Iván: Pues yo digo que bien, si me hablan, me quedo. Aunque vi a muchos haciendo el examen, pero yo sí la armo dos, tres para lo que quieren. ¡Fue la ayahuasca! Porque ahorita ya estaría en Chihuahua. ¿Cómo estás tú?

Caro: Espera, pero… ¿no piensas regresar?

Iván: Si no me llaman en estos días, me regreso.

Me quedé en ese momento leyendo el celular, pensando en cómo lo dejó todo por una simple corazonada, cómo de una manera tan calculadora lo había decidido, sin importar nada de lo que dejara: novia, trabajo, amigos, familia. Pretendía volver a Guadalajara a empezar de cero, como si escapara de algo. Eso puede pensar uno a simple vista. Yo, que tengo en mi memoria la historia, creo que más bien se acercaba a lo predestinado, en lugar de estar escapando.

No volvería a escribir hasta dentro de diez días más. Desde mi perspectiva, es mucha espera para un trabajo, pero para Iván el tiempo era diferente.

Iván: ¡Ya me dijeron que me seleccionaron a mí! ¿Y ahora?

Caro: ¡Yey, amigo! Pues GDL es el lugar, ¿no?

Iván: Pues parece que sí, eso me pasa por andar de ofrecido…

Transcurrió bastante tiempo para volver a vernos, aunque nos escribíamos de forma constante. Creo que lo que más me quebró fue que pasó Navidad solo. La noche del 24 me mandó una foto del pollo que había cenado y me dijo que era la historia de su vida. Después de la foto, le pregunté: «¿así eres feliz?». No contestó, cambió el tema. Se enfocó más en decirme que estaba enfermo. Me prometí cuidarlo más, estar más presente para mi amigo. Ese malestar de diciembre le duró días, al final lo mandé al hospital. Él, como buen niño de casi cuarenta, me contestó con una canción llamada «Accidentally in Love», que aparece en la película *Shrek* para alegrar el día y cambiar el tema. Así era él.

Un día le pregunté cuál era el verdadero motivo de su decisión de regresar a Guadalajara. Me obsequió una amplia sonrisa y con los ojos de un niño pequeño y toda la inocencia del mundo, me dijo:

—Fui a visitar a un amigo y lo vi muy solo. Después fui a la ayahuasca y, pues, me quedé.

—¿Cómo lo logras, Iván?

—¿Lograr qué?

—Ser tan libre.

Dejó el café en la mesa, miró dentro de la taza como buscando una respuesta en los tintes blancos y marrones de esta, le dio una vuelta al plato, luego otra y siguió escarbando en la bebida. Una leve sonrisa se asomó a sus labios.

—Cuando te das cuenta de que toda tu vida puede caber en una maleta, eres libre, por eso es tan sencillo irme —levantó la mirada para verme a los ojos—. ¡Qué horror! ¿No, Caro? —y se rio…

Cabeza y corazón

Caro: Iván…

Mandé un mensaje desesperado al sentir que me asfixiaba, luego lo eliminé, pero ya lo había visto…

Iván: Dime, Caro. Je, je, je, no elimines, ¿qué pasa?

Hice una pausa por un momento para decidir si le contaba o no. Sin embargo, ese día sentía que no podía controlar los pensamientos que, aunque no eran golpes sangrientos, sí eran pequeñas agujas que se incrustaban en el cuero cabelludo. Así sentía cómo los pensamientos iban ensombreciendo la tarde. Tenía que gritarlos a alguien, a algo. Tenía ganas de que alguien les pusiera una pausa y me dijera que todo estaba bien.

Caro: Estoy triste.

Pasaron 10 minutos, pienso que en ese momento creyó que le comentaría, pero esas dos frases me habían dado tanta vergüenza, como si fuese el delito más grave.

Iván: ¿Qué pasa?

Caro: No sé.

Iván: ¿Sabes qué necesitas, Caro? Un café, vamos por uno. Deja les digo en la oficina que ya me voy.

Caro: Nooooo, yo todavía no salgo.

Iván: Saaaaaaal, una pausa no le hace daño a nadie, vamos por un café, últimamente has estado triste y eso no está chido.

Nos encontramos en un café cerca de nuestras oficinas. El llanto inundaba mis ojos, pero los contenía como el agua en una alberca, sin dejarla fluir. Pidió dos cafés y me preguntó:

—¿Qué pasa?

Me quedé callada, pensando que sabía muy bien que las situaciones sentimentales le incomodaban, pero luego no me importó. No me importó porque él, a pesar de sentirse incómodo en esos momentos, nunca se burlaba ni cambiaba de tema. Él solo se quedaba ahí, observando con la mirada fija y los ojos llenos de comprensión.

No sé, he estado llorando mucho, me peleo con todos, siento más de lo que debería. Bueno, toda la vida he sentido mucho, pero últimamente no puedo controlarlo. Y hoy tengo un pensamiento que me atormenta, que me taladra con insistencia y que no puedo con él. No me mires así, no sé qué tengo o si lo tengo todo. Solo lloro y lloro, y no sé qué pasa, qué me sucede.

Se escondió en el café. Lo miré a los ojos, sintió mi mirada y volvió a mí. A través de la oscuridad de los ojos de Iván buscaba respuestas, pero ni siquiera le había contado qué estaba pasando. Regresó al café a buscar refugio.

—¿No te has dado cuenta de que el café es curativo? Sí, el café lo cura todo, el frío, el hambre, el sueño, el corazón; el café junta a las personas para platicar, para arreglar problemas; en la soledad te acompaña, te sientes aliviado cuando tienes esa taza calientita en tus manos y miras al infinito, regresas a ella y pareciera que tienes las respuestas.

—Siento que soy una pésima amiga, que le he fallado a todos los que me conocen, a todos los que llamo amigos, porque a veces me enojo con ellos, porque a veces me desesperan; a veces grito, pataleo, me enfurezco…

—No eres una mala amiga, pero no sabes poner límites, la gente suele abusar de ti.

—Sí lo soy. Me siento tan mal. ¡Ves, es una estupidez! Pero así me siento. Quiero huir, largarme, y pienso. Hoy sobre todo pienso en todas las veces que le he fallado a mis amigos, todas las veces que pude hacer algo por ellos y no lo hice, todas las veces que hablé mal porque no soportaba que se enojaran o se burlaran y luego me dijeran «es carrilla». Pero me duele, si ves que alguien se molesta es porque duele, ¿no? Me siento tan fuera de aquí, tan excluida, porque no puedo ser como ellos. Iván, la gente solo me busca cuando está mal, como si fuera un salvavidas, o cuando necesitan desahogarse, como una pera de boxeo. Pero para otras cosas no me contemplan, no soy divertida, ni tan inteligente como otros.

—¡Para, para! Eso está en tu mente, sí eres bien chévere, has hecho mucho por mí, eres una buena amiga.

—¡No, no lo soy! Por ejemplo, a veces, Iván, no estoy tan disponible para ti mientras que tú siempre eres muy bueno conmigo.

—Sería una amistad condicionada si yo te exigiera que tuvieras todo el tiempo para mí. Sin embargo, lo tienes y te das un espacio. No muevas la cabeza, Caro, sabes que sí. Tienes que poner orden en esos pensamientos, eres buena persona y poner límites está bien. Si alguien se enoja de por vida por los límites que pones, eso está mal. Nunca fue tu amigo porque residía el sentimiento desde la condición.

Sorbo a sorbo, mientras me hablaba yo casi terminaba el café. Lo dejé en la mesa y parecía tener dos conversaciones: una con Iván desde afuera diciéndome que mis pensamientos estaban mal, y otra interna donde mi cabeza me recalcaba la terrible persona que era. Lo miré a los ojos, sin dejar de llorar.

Me abrazó, simplemente decidió acompañarme. Estoy segura de que durante el abrazo se quedó viendo la taza de café mientras yo lloraba hasta que se me secaran los ojos. Al pasar unos minutos fue por papel, extendí la mano y dijo:

—Algún día te demostrarás que sí eres buena amiga, vas a ver que harás algo lindo por mí —solté de nuevo el llanto.

—Ya me había calmado, por qué dices eso.

—No sé, solo se me ocurrió…Ya no llores.

—No, ya no, ya me harté.

Al día siguiente me mandaría su frase favorita por WhatsApp:

Iván: ¡Éitale, buenos días! ¿Cómo sigues? ¿Cabeza, corazón, ya mejor? Quiero que te acuerdes que andamos por aquí solo una vez y sería triste no pasar el tiempo con las personas que importan, que estimo y que quiero... ¡A ti, Caro, millón de gracias por regalarme ese tiempo!

Su frase favorita era «¿cómo sigues? ¿Cabeza, corazón?». Recuerdo que solía iniciar una charla de la nada a través de ese mensaje de texto. Podían pasar meses y un día aparecía el mensaje, no preguntando «cómo estás», para obtener una simple respuesta automática de «bien», sino buscando el estado puntual y por separado de cómo se encontraban la cabeza y el corazón al otro lado del teléfono. Era como si supiera que, a pesar de estar en un solo cuerpo, solían no ponerse de acuerdo.

Pitayas y tunas

—Aló, aló, ¿cómo andamos?

—Saca los cafeeeeetos.

—¿Qué haces?

—Llenando papeles para el IMPI. Se me hace que no llego a mi cumpleaños, es viernes y no saldré tan pronto, porque tengo una misión.

—¿Cómo?

—Sí, la misión de hoy… se llama… IMPI.

—Y mira —manda inmediatamente un *link* de Spotify para «All for you Acoustic».

—¿Qué es eso?

—Esas versiones están chidas, esta es otra —manda un *link* más, y en la pantalla del celular se ve «Change your mind Acoustic».

—Quéééé es eso….

—Versiones acústicas de unas canciones que me gustan de Sister Hazel. Escúchalas, tocan chido y la letra está padre, esas dos son mis favoritas. ¡Escúchalas después de comer, provecho!

—Provecho —cinco segundos más tarde—: No, cuál provecho, me distrajiste. Quería decirte algo.

—¿Qué ondita? ¡¿Qué plan al rato?!

—Nada, espera, no me distraigas, ¡vamos por unas pitayas el fin de semana y a ver el Puente de las Damas en el centro!, el corredor que descubrieron fue construido por mujeres de Guadalajara.

—¿No vas a hacer lo de llenar unos informes y unos datos que me dijiste, Caro?

—Eso es hoy, el fin de semana es el fin.

Terminó la conversación y luego me invitó a un café sin responder sobre las pitayas, hasta el día siguiente.

—¡Iván, y las pitayas! ¿Vamos a ir o no?

—Espera, ¿qué es eso?

—Una fruta. ¡Vamos, ándale! ¿Sí?

—¡Sí, vamos! Por cierto, ya renuncié, ayer fue mi último día.

—Quééééé, pero si acabas de llegar, tienes unos meses ahí.

—Sí, pero, ya no seré más juguete de la ambición, ¿te acuerdas del video que me enseñaste?

—¿Cuál? ¡Ay no, ya me acordé! ¿Y ahora qué vas a hacer? El de «trabajos de mierda». ¡Qué hice! Era un ejemplo de la vida cotidiana, un poco de filosofía. ¡No esperaba que lo tomaras literal!

—Pues sí, era un trabajo de mierda, no coincidía con mis metas o la persona que quiero ser en mi vida. Querían hacerme gerente, ¿recuerdas?

—Sí lo recuerdo.

—Me dijiste que no me fuera, que me extrañarías, y también te dije que no me gustaría ser jefe de una empresa así. Estamos aquí para disfrutar la vida, no para atesorar deudas o cosas.

—Sí, recuerdo que te dije eso, pero era en sentido figurado. Quería que crecieras. ¡Ibas a hacer jefe!

—Sí, pero en esa empresa, a qué costo. No, no quiero ser jefe. Quiero hacer lo que me gusta y ser feliz.

—¿Qué vas a hacer ahora?

—Ir al otro trabajo en el que me contrataron, aquí en Guadalajara, vivir en la ciudad que me gusta, con gente que quiero y estar en otro trabajo más relajado donde me paguen más.

—¿Cómo es que consigues trabajo tan rápido?

—No sé, creo que le caigo bien a la gente. El domingo, entonces, vamos a las pitayas y me las enseñas. ¿Escuchaste las canciones?

—Sí… —sí íbamos a ir a las pitayas y no había escuchado las canciones.

El domingo amó el recorrido, tomó unas lindas fotos, fuimos a comer birria en las Nueve Esquinas y al terminar caminamos por la calle para ver la vendimia de las pitayas.

Muy peculiar la vendimia porque desde que entras a la plaza los vendedores empiezan a gritar «¡hay nieve!», «¡hay pitayas!», «¡salsita de pitayas!», «¡pruébelas!», «¡pitayas, pitaaaaayaaaaas!».

Me acerqué a un puesto mientras Iván veía la nieve, compré una pitaya y caminé hacia donde estaba.

—¡Toma, cómetela! —le extendí la pitaya que acababa de comprar para que la comiera—. ¡Pruébala! Esta la compré para ti —me quedé viendo, esperando su aprobación, que tomara la pitaya que estaba a medio abrir, mostrando su color rojo en un rinconcito—. ¡Iván, cómetela! ¡No puedo creer que no hayas probado las pitayas, eso es súper Mexa!

—No las conocía, je, je, je. ¿Cómo se come?

—Ábrela con los dedos, suavemente porque tiene mucho jugo y puede ensuciar la ropa. Te recomiendo sostener la pitaya con la cáscara. Luego, verás la parte de adentro que parece cerebro, ¡es la pulpa! Eso te lo llevas a la boca. No importa si tiene semillas, ¡son comestibles!

—¿Tú no quieres?

—Nop, no me gustan.

—Quééé, cómo me das algo que no te gusta.

—Porque el hecho de que no me guste a mí no significa que no te gustará a ti.

Tomó la pitaya y le dio un mordisco. En su rostro apareció una expresión de aprobación y sus ojos se iluminaron de emoción para terminar diciendo:

—¡Están chidas!

—Te compraré una bolsita, una nieve y una salsita.

—La bolsa nada más —río avergonzado.

Después fuimos al cine. Iván parecía cansado, pero quería darme el gusto de comer pitayas e ir a ver una película. Antes de entrar a la función fuimos a un súper que estaba al lado de los cines, compré unas tunas y las escondí en mi bolsa para comérmelas durante la función.

—¡Mira, tunas! —le mostré las tunas que tenía escondidas en mi bolso. Había comprado un vaso de plástico enorme de esa fruta.

—¿Qué es eso?

—¿Que de niño te tenían encerrado o qué? Son como las pitayas, pero más ricas, ¡tunas! —me comía una a una las tunas, sin ofrecerle.

—¡Vaya, esas sí te gustan!

—Sí —lo miré mientras me veía comer y me reía como si hubiera terminado de hacer una travesura—. ¿Quieres?

—Si todavía quedan, me gustaría probarlas.

—Bueno, te doy las que te dejé —sonreí.

—Gracias, qué considerada —dijo de forma irónica.

—De nada —volteé mi cara hacia un lado para verlo y le sonreí mientras metía una tuna en mi boca.

Confieso que después de un rato de ver la película, decidí compartir la mitad de mi vaso de tunas con él. Tomó una y luego me miró fijamente.

—¿Te gustaron?

—Sí, sí —dijo nervioso.

—Come, come más tunas.

—No, je, je, je. No, gracias, ya estoy satisfecho.

—¡Pero tomaste solo una!

—Sí, superbuenas, pero ya.

—¿No te gustaron las tunas? —levanté la voz sorprendida.

—Ssshhh —nos callaban.

—Sí, pero me gustan más las pitayas —respondió bajando la voz.

—¡Guácala! ¿Por qué? —yo también bajaba la voz.

—Las tunas tienen piedras, siento como que se van a atorar en mis riñones.

—¡Cómetelas, son ricas!

—No, ya no quiero, cómetelas tú.

—¡Bueno! —sonreí al tener el gran tesoro en mis manos. Él volteó a verme y dijo:

—Oye...por cierto, ¿y mis pitayas?

—Se las di a mi tía —casi me atraganto con una tuna al tener que darle la noticia. Resulta que no hizo tanta emoción por las pitayas como esperaba, así que cuando subimos al carro se las di a mi primo que nos acompañaba para que se las entregara a mi tía.

—¡Quéééé! ¿Por qué?

—¡Ssshhhhhhhhhhhh! —nos callaron de nuevo.

—Iván, no grites, pensé que no te habían gustado, no las pe-
laste mucho.

—Pero sí me gustaron, solo las estaba guardando.

—Bueno, bueno, luego te compro otras, ya no te agüites. Te
compre tunas y no las quisiste.

—¡Esas eran tus tunas! —sonrió.

Recuerdo la sonrisa y luego escucharlo roncar de tan cansado que estaba.

Un día descubrí que el tío de Iván era productor de pitayas.
Me sentí estafada por creer que le había mostrado una fruta
nueva cuando no era cierto.

Sin embargo, en ese momento, la expresión tan genuina que
surgió en el rostro de Iván cuando le mostré la pitaya me pareció
tan linda. Cuando tuvo la fruta en sus manos, una tímida sonrisa
se asomó en su rostro. En ese instante, me hubiera gustado saber
lo que pasaba por su mente, pero estoy casi segura de que Iván estaba honrando a su familia: a sus tíos, primos, madre y hermana.

La ayahuasca

Caro: ¿Te vas a animar?

Le escribía a Iván sobre ir a la ayahuasca.

Iván: La neta sí vale la pena. Van a cambiar cosas sin que te des cuenta, Caro. Ya verás.

Caro: No lo sé, tengo suficiente con que me acosen por las noches, sea lo que sea que lo provoca, como para ir a la ayahuasca.

Respondí evasiva ante su alegría.

Iván: ¡Anímate! La verdad no es que te sientas diferente o algo por el estilo, solo pasan cosas diferentes.

Leí los mensajes sin responder, hasta que volvió a insistir:

Caro: ¡Créeme, Caro, es real!

Decidí revirar su insistencia con la mía. Sabía a la perfección que, al salir la invitación de mi parte, me daría un rotundo no, así que le contesté:

Caro: ¡Vamos juntos! ¿Qué dices? Si tú vas yo voy.

Iván: Sí me dan ganas, pero no sé si esperarme a que pasen seis meses, eso fue en diciembre. ¡Tremenda droga!

Le pedí que nos registrara, pero toreaba las respuestas y nada sucedía. Así que, por mi cuenta, registré a mi hermana y a mí, así el grupo fue creciendo con mis primos, unos amigos, mis tías —estas últimas decidieron no hacerlo— y al final él.

Un día, mientras tomábamos un café, me miró de la nada y dijo:

—Me da temor la ayahuasca, por eso no las inscribí.

—¿Por qué temor?

—¡Es una tremenda droga! Porque ves cosas dormido o despierto. Creo que te va a gustar, pero no es para tomarse a la ligera.

Me quedé viéndolo con seriedad para después sonreír de forma pícara y decirle:

—¡Pues con mayor razón, acompáñanos a la ayahuasca, Iván!

—Pues sí puede que sirva. Mi aspiración en esta vida es ser feliz, así que ya lo decidí, ¡sí iré! Y después tomaré clases de gastronomía, a ver cómo quedo.

—Ya verás que bien, tú fuiste el que me convenció de que habría cambios y así.

—Entonces… ¡puesto!

—Va.

—¿Segura?

—Sí.

—¿Muy segura?

—Mucho, segurísima.

—Pero… y luego, o sea, ya viste…

—¿Cómo?

Cambió el tema al trabajo, yo respeté el virar del pensamiento y no le di importancia. Una semana antes de irnos, escribió:

Iván: Sí, voy a ir, mucho que resolver. En este momento no estoy en mi mejor versión, pero sí quiero ir.

Y momentos más tarde me pasó la captura de pantalla:

Iván: Listo, ya deposité.

Caro: Eso qué, je, je, je. Mándaselo a la chamana.

Iván: Quiero que veas que sí te voy a acompañar y que sí vamos a hacer el viajesote juntos, y que sí vamos a cambiar.

Caro: Iván… ¿qué viste en el último viaje?

Iván: Muchas cosas, primero estaba en un llano y todo era en blanco y negro, yo estaba en medio de la nada junto a la inmensidad de la naturaleza, por un buen rato no pasó nada hasta que llegó una niña en un triciclo rojo y me rodeó. Llevaba unos juguetes que se arrastraban mientras pedaleaba, recuerdo que me sonrió. A esa niña ya la había visto en una ayahuasca anterior, y todo cambió de color. Vi a mis abuelos también, parecían despedirse de mí.

Caro: O te daban la bienvenida.

Iván: No, como que más bien no querían que fuera a donde estaban ellos, pero me daba paz verlos. Luego me desperté en un cuarto y vi a un hombre que ya he visto otras veces con o sin ayahuasca. Un hombre muy grande que se me imponía, pero no sentía miedo.

Caro: ¿Cuidándote?

Iván: Sí, cuidándome, eso hacía. Vi muchas figuras geométricas...

Caro: ¡Ese hombre te cuida! ¿Sabes quién es?

Iván: Sí, yo creo que sí, siempre lo veo...

Luego cambió el tema.

Duramos una semana preparándonos para la ayahuasca, todos menos Iván. Abrimos un grupo y siempre a primera hora saludaba para enviar la comida del día: salchichas, tacos, tortas, café, carne asada.

Lo regañé varias veces, y todas esas veces prometía ser hombre nuevo, decía que no era su culpa porque lo obligaban a beber y a comer.

Las conversaciones eran algo cómo:

Iván: Caro, se me hace que no voy a poder cumplir.

Mandó esa frase junto con una imagen de un café.

Prima: Noooo, esperen, había olvidado lo del café.

Respondió inmediatamente.

Iván: No le hace, no pasa nada. Son tres días como mínimo, tú tranquis. Un segundo *coffee*...

Volvió a mandar una foto de otro café y mi hermana le contestó.

Hermana: Pone el desorden este niño, ja, ja, ja.

Iván: Si cumples la dieta, con eso tienes 😎.

Caro: ¡Uy, Iván, cómo la cumples al pie de la letra!

Contesté al ver el desbarajuste que había hecho. Luego respondió a mi mensaje:

Iván: Tú no te preocupes, con que no nos quedemos arriba, todo estará muy bien, tú relájate, va a estar bien chido.

El día de la ayahuasca fue especial, al menos todos los dijeron. La chamana mencionaría que se habían movido energías muy fuertes que nunca había sentido. Recuerdo que, al estar en la oscuridad del bosque, con la chamana en medio del gran círculo que hicimos para comenzar la ceremonia, a lo lejos se asomaban luciérnagas iluminando nuestro horizonte, como si estuvieran dándonos la bienvenida al viaje que estábamos por hacer. Yo estaba emocionada, las luciérnagas son mis insectos favoritos porque iluminan nuestro camino en la oscuridad.

Al terminar la ceremonia para iniciar la toma, cayó una lluvia muy fuerte mientras comenzábamos con el trance. Mi viaje fue, a diferencia de muchos de los asistentes, particularmente hermoso. Primero me recibió una serpiente emplumada que llegaba hasta el cielo, después vi pequeñas luces parecidas a células con ojos, manos, piernas que brillaban de un color verde coral y decían con alegría que me estaban esperando, que me extrañaban.

Más que un viaje, más que una droga, fue un recibimiento en donde pensé que nunca sería recibida.

Después de ocho horas de visiones, me desperté antes que todos porque un perro blanco me lamía la cara, lo acaricié y se acostó en mis piernas. Volteé a buscar a los míos y a lo lejos me topé con los ojos de Iván, se veía preocupado y me dijo:

—Se me hace que me voy para Chihuahua —su semblante era de preocupación, de urgencia.

—¿Cómo?

—Luego te explico —se volteó como cuando escondes algo en el salón de clases y deseas que solo tu compañero-cómplice lo sepa, pero no el maestro o los demás.

Al salir del lugar, Iván cantaba «gran espíritu, gran abuelo, gran abuela, como soy me presento ante ti, como soy te pido bendiciones. Y agradezco el corazón que has puesto en mí». Y no solo al salir, duró días cantando las canciones de la ceremonia, decía que algo le habían hecho de nuevo. Yo por mi parte me sentía triste, sin rumbo.

Un día después de salir de cenar, estábamos en la puerta de su casa, debajo de un faro de luz fría que iluminaba un cachito de la calle. Justo al salir del carro, volvió a entrar y dijo:

—Independientemente de que esa droga es fuerte, esta vez fue diferente, me siento apagado, después de… yo no era así, algo pasó, pero no puedo dejarme caer, estoy pensando en cambiar de actividades, trabajo, casa, personas. Pensarán que soy inestable, pero prefiero eso, prefiero intentar a no encontrar el rumbo jamás y conformarme, siento que se me está yendo el tiempo.

Miró a la ventana e hizo una pausa, y como si hablara consigo mismo, continuó:

—Siento que, aunque sí pase algo químico en el cerebro por la sustancia, las cosas que ves te hacen pensar o razonar. Es como si mi cabeza estuviera resolviendo cosas para hacerme sentir mejor, nunca peor... Ahora bien, si de verdad pasa algo más allá de lo físico o químico en el cerebro, sería increíble que esas cosas realmente existieran. Lo que sí es cierto es que cada vez más, siento energía que no es mía y eso no lo entiendo. La última teoría que tengo es que me sugestiono, pienso que ese químico me hace cambiar y yo tomo la decisión consciente de mejorar las cosas.

Regresó la mirada para cruzarla con la mía, como si recordara que estaba ahí escuchándolo con atención en aquella calurosa noche. Sonrió, me vio a los ojos y volvió a hablar:

—¿Tú por qué dices que sí cambiaron cosas? ¿Qué sentiste que cambió?

Iván me miró después de hacer la pregunta y cerró la puerta del carro, pero esquivé el tema.

—¿Qué cambió contigo? —le respondí con su misma pregunta.

—Sí, hay varias cosas que sé que son mi cerebro y mis pensamientos, e incluso mis problemas y mis miedos, pero hay otras que no sé por qué las siento desde ese momento y siempre me ha pasado así... Esa mujer que se aparece, que se apareció.

—¿Cuál, la Pachamama?

—Ja, ja, ja, no sé, pero no se parece a la abuelita, es diferente. Ahí se siente esa energía que no es mía. Tú debes sentir igual, dijiste que la veías antes de la ayahuasca, la mujer blanca... la de la presencia que sientes en el cuarto. Sabes qué, además de tranquilo, me siento concentrado. Como si pudiera resolver las cosas con facilidad.

—Sí, algo así siento yo también, ¿cuánto te duró la vez pasada?

—La primera en Chihuahua me sentí más relajado los primeros días, pero normal, esa vez pasó que regresé. La segunda fue ya aquí con la chamana y nos dijo cosas chidas antes de empezar…Oye, pero esta vez pegó mucho más fuerte, se fueron muchos miedos y cosas de antes. ¿Contigo qué más cambió? —insistía en que le platicara, pero yo estaba absorta en lo que acaba de decirme.

—No sé, es como si apenas fuera a entrar en ese proceso —terminé la frase y, como si hubiera un silencio y no palabras saliendo de mi boca, prosiguió.

—Lo otro que he pensado es que sí, es así como dicen que funciona la ayahuasca. En verdad somos parte de una sola cosa, todos conectados, y ese día se movieron energías —dejó el semblante serio y rio—. ¡Ja, ja, ja, nos vamos a volver locos, Caro!

—Esa energía fue como un pensamiento mezclado con sentimiento, ¿no? Esa mujer, ¿será la misma que tú ves?

—Es extraño, sí te conté que el viernes pasado pusieron música parecida en la expo y ¡zas!, sentí un poquito de cómo me sentí ese día de la ayahuasca.

—Yo andaba en otro rollo, no sentía nada, hasta que pasaron los días, pero ese día no sentía dolor, frío, calor… nada.

—En una de esas te fuiste un rato. Sabes, también noté que aún cuando haces todo para que las cosas sean mejores o diferentes, todo vuelve a su curso normal. Pareciera que está todo ya escrito.

—No me dijiste qué viste en esta ayahuasca, solo me comentaste que regresarías a Chihuahua. ¿Volverás?

—No vale la pena, je, je, je. Y no, no pienso volver. Creo que estaba drogado.

—Pero… ¿qué viste?

—Nada emocionante.

Me quedé con ese «nada emocionante» retumbando hasta el día de hoy en los oídos. Si no fue nada emocionante, ¿por qué no decirme lo que vio?, ¿qué era la energía que sentía? ¿La mujer que veía que se parecía a la que deambulaba en mi cuarto?

Incógnitas con las que me quedaré siempre, haciendo eco. Dudas que seguramente aparecerán en los momentos de ocio o de remembranza. Recuerdo que, a partir de esa toma de ayahuasca, pasó cada fin de semana queriendo ir de nuevo y buscar respuestas a lo que había visto pero que no contaba.

El Iván que me contó de la ayahuasca se lo pensó para ir, pero este nuevo que nos habían entregado después de ese día quería ir cada fin de semana por su respuesta. Yo fui muy insistente e hice todo lo que estuvo en mis manos para impedirlo, me parecía que no era tan sano, no había pasado ni un mes. Pero fue porque pensé que habría tiempo.

Tú eres tu proyecto más importante

—Esta campaña está padrísima, siempre tiene pensamientos positivos.

—Iván, no caigas, procuran simpatizar contigo para que les compres.

—¡Pues les compramos! De todos modos, el cafecito lleva azúcar.

—Yo no tomo café con azúcar, tú deberías hacer lo mismo.

—Nop, no lo haré, el azúcar es bueno y los sobrecitos están súper.

Iván husmeaba en el cuadro blanco de cerámica que pretendía ser un azucarero del siglo XXI. Levantaba uno por uno los sobres y leía las frases en voz bajita, le escuchaba decir: «libérate para alcanzar tus metas», «el secreto está en las ganas», «la valentía se ve bien en ti», «atrévete a ser quien eres».

—¿Qué haces?

—Busco una frase.

—¿Para qué?

Hizo una pausa, levantó la cabeza, me miró y regresó al azucarero.

—Una frase que vaya contigo.

—¡No manches, Iván! No caeremos en ese *marketing* barato. ¡Deja los sobres!

Me reí, él me sonrió, levantó la cabeza nuevamente y me miró con esos ojos de niño juguetón que tenía. Regresó al azucarero y siguió leyendo, hasta que se detuvo.

—¡Ájalas! Ya la encontré, esta es tu frase —procedió a leerla—: «tú eres tu proyecto más importante».

—¿Por qué es mi frase?

—Porque se te olvida, porque no te crees lo que eres —se me llenaron los ojos de lágrimas y miré hacia otro lado—. Es en serio, se te olvida y siempre te dejas al último.

—No es eso, es que lloro mucho.

—No lo creo. Más bien tienes que recordar que tú eres tu proyecto más importante, que tienes que ser feliz y, sobre todo, dedicarte tiempo. Eres muy exigente contigo misma, pero no te das el tiempo para ti, para tus proyectos, para escribir.

Tres veces me regaló el sobre y dos de ellas lo dejé en la mesa del establecimiento donde estábamos, pensando que era un simple sobre de azúcar con una campaña de *marketing* superficial, que era un regalo «insignificante», cuando en realidad era mucho. ¡Qué digo mucho, muchísimo!

Ese sobre fue el único regalo físico que me dio, ni siquiera le había costado un peso, pero me marcó el corazón para siempre. La última vez que me lo dio llegamos a un restaurante a desayunar. Volvió a escabullirse en el azucarero, levantó uno por uno los sobres, buscando la frase que ya me había dado y como si fuera a dármelo por primera vez, volvió a decir:

—Está padrísima esta campaña. ¡Ten, Caro, tómalo, me recuerda a ti! Recuerda que «tú eres tu proyecto más importante» —deslizó el sobre con sus grandes manos hacia mí en señal de aceptación y, al cruzar sus ojos con los míos, me sonrió. Yo moví la cabeza de un lado a otro y bajé la mirada, sonriendo.

—Iván, ya me lo diste, ¿no lo recuerdas?

—Sí, pero siempre lo dejas. ¡Ándale! ¡Llévatelo! Es para que no lo olvides nunca. En verdad me recuerda a ti cuando lo leo.

Levanté la mirada para decirle que no, pero me esperaba esa pícara sonrisa que lo caracterizaba.

—¡Está bien pues, me lo llevo! —nos reímos.

Unas horas más tarde, no habría más sobres de azúcar que regalar. Sin embargo, ahora me dedico a husmear en los azucareros improvisados de las cafeterías para recordarlo.

Un lugar hermoso para quedarse

Le mandé un mensaje por WhatsApp muy temprano por la mañana:

Caro: ¿Quieres ir a Manzanillo?

Iván: A ver, explícame cómo está la onda, porque luego se te ocurre cada cosa.

Caro: ¡Tranquis, *my friend*! Es ir a hacerle el paro a una amiga, van varios amigos y familia de ellos. Tú y yo vamos de mosca, pegoste, mal tercio, ja, ja, ja. ¿Jalas o te rajas? ¡Como siempre! Hay que hacerles el paro a los amigos, pues.

Iván: Va, entonces avísame como está el rollo para salir tempra y luego fugaaaa. ¿Caro, qué pudiera impedirlo?

Caro: Que el amor de mi vida se aparezca, pero eso no ha sucedido, je, je, je.

Iván: ja, ja, ja.

Caro: ¡No te rías! Siempre hay una posibilidad del 10 %.

Iván: Caro, ando presionado, dejaré todo ya por la paz ahorita a las cuatro, o sea, ve los clientes, están jode y jode con que quieren firmar y luego el mero día salen con que si les dan más crédito porque no ajustan para las escrituras, ¡que se agarren clientes con lana, no jodidos!

Caro: Tranquis, amigo, tú nada más dale estatus a la jefa y ya.

Iván: Eso hago, pero el lunes la atiendo, voy a apagar la compu, ya te eché mi basura, je, je, je, *sorry*. ¡Estoy liberado! Vayamos a la ayahuasca de nuevo, porque viste cómo, aun cuando lo intentas todo para hacer las cosas mejores o diferentes, ¡¿todo vuelve a su curso normal?! Pareciera que todo ya está escrito.

Caro: Tenemos el tiempo del mundo para cambiar nuestros destinos, ya me imagino hablándonos por teléfono de viejitos a los sesenta, quejándonos de los nietos o los hijos.

Iván: ¡Yo no llego, eh! Pero sí, todavía hay tiempo.

Caro: ¡Héctor Iván, no digas cosas! *Focus*, hoy 7:00 p. m. en mi casa, ¿correcto?

Iván: ¡¿No te vas a rajar?! Ja, ja, ja.

Caro: Jamás, Ivansillo, todavía no me topo con el amor de mi vida, así que la playa será mi cita este fin de semana.

Iván: Mochila lista.

Caro: ¿Ya todo al cien?

Iván: Pues así que digas al cien, nunca ja, ja, ja, pero con andar al cincuenta se arma. ¡Ámonos!

Esa fue nuestra plática antes de irnos a la playa y efectivamente llegó puntual a la cita. En nuestras cabezas era un fin de semana tranquilo, es decir, tirarnos en la arena, meternos al mar y nadar, comer unos buenos mariscos y tomar un rato entre amigos.

Al llegar al departamento nos recibieron mi amiga, su novio y sus familiares. Iván se quedó hasta tarde platicando con ellos, yo preferí dormir, estaba muy cansada. Al día siguiente, Iván fue el primero en levantarse y justo a las 8:00 a. m. me escribió.

Iván: ¡Vamos a la alberca! Bueno, ya estoy acá, vente, de aquí nos vamos a comprar algo para traer de desayunar.

Caro: Ahí voy. ¿Qué onda, por qué te levantaste tan tempra?

Iván: No sé, ¡vente!

Lo alcancé una hora después lista para meterme, pero ya habían decidido los demás ir a desayunar y luego al mar.

Durante el desayuno, los demás se empeñaron en platicar entre ellos e Iván y yo, acostumbrados a hablar de nuestras cosas sin inmiscuir a nadie, hacíamos lo mismo. Se sentó en la cabecera contraria a donde estaba la atención y me platicaba cosas, cosas que no recuerdo. Solo recuerdo esa sensación de risas, su intensidad por meterse en los cuadros del mantel que estaba sobre la mesa, de respirar ese aire de playa que nos envolvía. Mientras veía la pintura de una mujer en el campo, me miró y dijo:

—Qué hermoso lugar para quedarse para siempre, ¿no?

—¿Manzanillo? ¡Estás loco!

—Sí, piénsalo. ¿Quién te encuentra aquí? Consigues un trabajo en un lugar como este, atiendes a la gente un ratito, después de la hora del desayuno estás libre y te vas al mar. ¡Este es el lugar más maravilloso para quedarse!

Me miró emocionado y le sonreí. Le trajeron un café y comenzó a husmear como siempre en los sobres de Splenda, me regaló uno y me convenció de llevármelo, parecía feliz porque lo había aceptado. Terminó el café. Pagamos la cuenta. Subimos al auto y, tras cerrar la puerta, Iván no dejaba de platicar sobre lo emocionado que estaba de ver el mar.

—Tranquis, Iván. ¿Hace cuánto que no vas al mar?

—Un año, pero me encanta, siempre me meto al mar, aprendí a nadar muy bien, me fascina el mar, es como conectarme con algo más allá de mí.

—Bueno, ya casi llegamos y nos metemos.

La camioneta paró en un restaurante a la orilla del mar. Con un poco que subiera la marea podía acariciarnos los pies. Sin embargo, el lugar era, así literal como son las cosas, un lugar popular y a ninguno de los presentes nos gustó, pese a que el mar era tan calmado que su única amenaza era acosar nuestras plantas de los pies. Raúl, el hermano del novio de mi amiga, propuso irnos.

—Regresemos a la alberca de la casa, esto parece parque acuático. ¿Quieren irse?

Los demás nos miraron como si la decisión fuera de Iván y mía.

—Nooooo, vamos al mar —sonrió Iván a los demás.

—Va, conozco una playa mucho más linda que esta.

Raúl se levantó y nos hizo una señal para irnos. Subimos al auto, manejamos cuatro kilómetros más y llegamos al lugar.

Ese día el sol era intenso, parecía querer iluminar con fuerza a pesar de que unas montoneras nubes lo rodeaban. Observé el cielo y me pareció linda esa lucha entre complementos del planeta y el cielo. Regresé a la playa y miré al frente, ya habían elegido sitio justo a la entrada de la playa. Iván pagaba la renta de los camastros. Corrí para alcanzarlos, ya que me había quedado detrás de ellos, y justo al llegar a la mesa dejé las cervezas que momentos antes habíamos comprado. Iván se quitó la playera y cuando la dejó en el camastro volteó a verme, me sonrió, tomó una cerveza, la abrió y extendió su mano con la bebida hacia mí.

—Toma, es tuya, tómatela. Aquí, quédate.

—Pero yo no tomo, Iván.

Corrió para sumergirse en el mar que estaba a pocos metros, los demás se rieron e hicieron comentarios como ¿no le vas a poner bloqueador a tu niño?, ¡se le olvidó el bloqueador!, ¡se va a quemar!, ¡no esperó ni a que disfrutáramos de la cerveza! Les sonreí, di un trago a la cerveza y miré la inmensidad del océano, pensé que Dios era un ser de una gran creatividad, jamás se me hubiera ocurrido crear algo así. Iván se cruzó en mi vista y sonrió. La invitación perfecta para acompañarlo. Dejé la cerveza, me quité la ropa para quedarme con el traje de baño y de nuevo la carrilla: ¡fiu, fiu!, ¡¿te ayudo con el bloqueador?!, ¡no te vayas a derretir!

Corrí y los comentarios se quedaron atrás. Por milésimas de segundo fui libre de todo, del trabajo, del amor, de la gente, los amigos, la familia, de todo, y el foco se encontraba en el mar, en su inmensidad, en sentir como mi cuerpo se mojaba al entrar de golpe y de pronto ver a Iván a lo lejos.

—¡Espérame! Ya te alcanzo, amigo.

—Acá te veo.

Nadé bastante para llegar a él.

—Aquí está muy feo, ¿no? Me costó alcanzarte.

—Sí, acá está más feo que ahí al lado donde está la señora.

—¿Y por qué estás aquí?

—No sé.

—¡Vámonos!

Di un brinco ante la ola que nos embestía y nadé mar a dentro, él fue detrás de mí, esquivamos una, dos, tres olas. El mar comenzaba a cubrir los cuerpos, ya no parecía jugar con nosotros a la cintura, sino que ahora tocaba nuestros hombros.

Después de la tercera ola que esquivamos, jugando el juego del mar que cual sirena nos hechizaba mar adentro, volteé a buscar a Iván que estaba a unos metros de mí. Detrás de él una ola gigante que lo hacía verse pequeño nos gritó que saliéramos; al verla pensé que estábamos en una playa de surfistas y que nadie nos lo había advertido, que habíamos escuchado el canto de las sirenas sin percatarnos y que ahora estábamos muy adentro como para salir. Me preparé para la ola y pensé: «ni modo, si me muero fue mi culpa, no vi el peligro, pero si salgo de esa inmensidad, me voy a la playa». Me sumergí y nadé. Salí del encuentro con el mar que se preparaba para embestir de nuevo. Las sirenas ya no cantaban, sino que afilaban los dientes para devorarnos. Busqué a Iván que estaba más cerca de la ola y le grité:

—¡Amigo! Vámonos, el mar está muy feo, ¡vámonos!

—No, tú vete, yo estoy bien.

En segundos tomé la decisión de salirme. El miedo, una respuesta de supervivencia, se apoderaba de mí, y nadé, contra dos, tres, cuatro olas que se movían al ritmo de la música; salía a tomar aire y volvía a sumergirme. Recordaba a mi mamá diciendo:

—Caro, si no puedes con la ola, nada de ranita. ¡Tú nada de ranita!

Y nadé… Salí y miré a Iván de lejos. Mi amiga me esperaba en la orilla, aterrada.

—¿Estás bien?

—Sí. ¿Iván viene detrás de mí?

—No, nadó más adentro.

—¿Por qué?

—No sé, allá está.

Señaló al horizonte e Iván parecía enamorado del mar, del canto de las sirenas. Un salvavidas caminaba viendo a Iván y corrí hacia él.

—¡Ve con él, sácalo, se va a cansar!

—Estoy evaluando la situación.

—¿Qué estás evaluando? ¡Vengo de allá! ¡Sácalo!

—¡No! Entró solo, desde hace rato lo estoy viendo.

—Te estoy diciendo que vengo de allá, ¡carajo!

—Las olas están muy fuertes, una tras otra. ¡No pudiste haber salido tan rápido!

—¡Ve y sácalo, por favor, se va a cansar!

Iván levantaba la mano, un señor con monoculares dijo que levantaba la mano con el pulgar hacia arriba cada vez que el salvavidas silbaba.

Mi amiga se quedó para convencer al salvavidas, rogándole que entrara al mar. Yo, inundada de miedo, me acerqué a donde estaban los demás y le quité un flotis a un niño. Lloró. Raúl tomó mi brazo y me dijo:

—¿Qué te dijo Iván cuando saliste?

—«No, tú vete, yo estoy bien», eso dijo.

Lo miré desesperada y me apretó el brazo.

—¡No vayas! Apenas saliste, estás muy cansada. ¡No vas a salir de nuevo!

Corrí hasta la mitad del camino y me detuve, ¡maldito miedo asqueroso! ¡Maldita irreversibilidad! Tenía las palabras de Raúl gritándome en los oídos; «no vas a salir de nuevo», y el recuerdo del enfrentamiento que tuve con la ola gigante momentos antes. Me detuve y solté el flotis. El guerrero se había convertido en cobarde. Levanté la mirada y el Iván que hace unos momentos parecía mostrarnos que estaba bien, había decidido salir, ¡y nadaba! Nadaba de la forma correcta, como en los videos donde salen los tipos del mar. ¡Nadaba de lado para salir! El tiempo se hacía largo, nos salpicaba de esperanza la cara con gotas de minutos. Una ola gigante lo hundió mientras nadaba y el cuerpo salió, de lejos parecía que se había parado, ¿a buscar rumbo? ¿A vernos?

Y de pronto esa misma ola que tronó de lado volvió a hundirlo. Iván salió y se volteó.

—¿Ahora sí vas a ir por él? —gritaba mi amiga al salvavidas que corrió a la playa para sacarlo.

Las sirenas callaban. El salvavidas trajo a Iván a la orilla y me hinqué al lado de mi amigo.

—¡Hazle los primeros auxilios, por favor!

El salvavidas, visiblemente aterrado, observaba impotente cuando un hombre que se identificó como doctor comenzó a practicarle RCP a Iván, posteriormente el salvavidas se arrodilló para realizarle respiración boca a boca. La gente comenzó a juntarse alrededor de nosotros, el aire disminuía, el mar volvía a cantar para reclamar a Iván tocando sus hombros. Entre varios subimos el cuerpo pesado tierra adentro. Después de tres respiraciones, el salvavidas se apartó del cuerpo sintiendo náuseas.

—¡Si vas a sentir asco, quítate! —Le grité

Le pedí al doctor que me explicara como dar respiración boca a boca con el aparato que le había quitado al salvavidas y así estuvimos, los dos, un doctor que iba de vacaciones y yo. Estábamos ahí, sin ambulancia, sin marina, sin salvavidas.

El mar volvió a tocar a Iván y justo ahí devolvió el agua. Lo volteamos para que no se ahogara. La esperanza nos impulsaba a seguir adelante, pero el doctor y el salvavidas intercambiaron miradas.

El canto de las sirenas

—¿Qué pasa? —pregunté, sintiendo un nudo en la garganta que amenazaba con ahogarme.

—Nada, solo continuemos, no hay que parar, ya está devolviendo el agua, voltéenlo —dijo un nuevo salvavidas detrás de nosotros que acababa de llegar y veía como mi amigo no reaccionaba.

—¡Iván! ¿Me escuchas? ¡Quédate con nosotros, amigo! —sostuve su mano mientras el nuevo salvavidas y el médico continuaban con las maniobras.

Un momento de incertidumbre se apoderó de la escena cuando el nuevo personaje se detuvo y miró a su compañero salvavidas, quien no había hecho nada.

—¿Por qué no lo sacaste antes? —la gente que iba amontonándose alrededor de nosotros hizo un silencio acusatorio.

—¡Sigamos, sigamos, no importa ya! —dijo el doctor para no caer en discusiones.

El cuerpo expulsaba agua de nuevo. ¿Cuánto tiempo había pasado? No lo sé. El suficiente como para que el doctor y el salvavidas supieran que se hacía tarde. El grito distante de una señora me esperanzó.

—¡Parece que responde! ¡Háblale! Ya aventó más agua. ¡No se detengan! ¡Háblale!

—¡Amigo, escúchame, aquí estoy! Lucha, por favor. Tenemos muchas cosas por hacer, amigo mío, ¡lucha! —volteamos con cuidado el cuerpo de Iván, y esta vez no era agua lo que expulsaba, sino vómito.

Por lapsos de segundos recordé mi infancia y un flashback oscureció mi mirada. Recordé cuando por las noches le rezaba a la virgen de Fátima para que mi papá se curara de la enfermedad que lo acechaba y regresara con nosotros; recuerdo a mi madre tocar mi cabeza para verme a los ojos y decirme:

—¿Caro? Recuerda que no hay nada imposible en esta vida, solo la muerte.

Sus palabras resonaron en mi mente, pero me negaba a aceptarlas. No estaba dispuesta a entregar de nuevo una vida a la muerte.

—¿Hace cuánto tiempo comieron? —me miró el doctor mientras cambiaba de turno con el salvavidas para continuar con la pulsación en el pecho.

—Una hora antes de meternos al mar, ¿por qué?

—No es buen signo que vomite y no responda —advirtió el médico.

El salvavidas que había sacado a Iván del agua regresó y apartó al doctor.

—Me da permiso, ya no continúen, ¡ya! —exclamó.

—Es importante que no nos detengamos hasta que llegue la ambulancia —decía el doctor.

—¡Usted no es el experto aquí, es un turista! ¿Cómo sabemos que es doctor? —el doctor se apartó de la escena y me dijo a lo lejos: «lo lamento».

—¡Entonces! No dejes de hacerle RCP, si vas a quitar al doctor —le grité.

—¡No te entrometas! Tú tampoco sabes cómo funciona el procedimiento —me respondió el salvavidas.

—¡Me vale tu puta madre! ¡Sigan hasta que llegue la ambulancia! ¡Alguien, por favor, ayúdeme! —grité, con lágrimas en los ojos, mientras me levantaba en busca de ayuda.

De lejos gritaba el doctor, «¡no dejen de dar RCP hasta que llegue la ambulancia! Ya no debe tardar». Entonces el salvavidas que se había incorporado más tarde dijo:

—¡Sigamos!

—¡Te estoy diciendo que no! —comentó el primer salvavidas

—¡Que te quites a la chingada! —lo aventé

—¡No se meta! —me gritó de nuevo el maldito gordo.

—¡Ya, güey! Lo haremos entre ella y yo —la gente comenzaba a gritarle al gordo salvavidas, quien desapareció entre la multitud.

Continuamos con las pulsaciones y la respiración, hasta que él se cansó.

—¡Doctor! ¡Doctor! Por favor, ayúdenos, venga a ayudarnos —para ese momento Iván ya no vomitaba, ni regresaba agua, en cambio, el liquido fluida de sus ojos, su nariz y su boca.

—¡Sigamos! —insistía el médico. Y en ese preciso instante, como si la marea conspirara a su favor llegó la Marina.

—La ambulancia está a solo dos cuadras de aquí —informó el marino mientras continuaba con el masaje. Sin embargo, hizo una pausa al notar que Iván seguía expulsando agua por sus ojos abiertos. Se llevó las manos a la cabeza, y la movió de un lado a otro; luego continuó.

—¿Qué pasa? ¿Por qué ese gesto? No se detengan, no nos detengamos, ¡ya llega la ambulancia! —el salvavidas colocó un oxímetro en el dedo de Iván y le dijo al marino:

—Tiene signos vitales, pero no estoy seguro de si somos nosotros o si en verdad está vivo.

—¿Cómo? —los miré con angustia—. ¡Sigue caliente de las piernas! ¡Claro que está luchando!

Llegaron los paramédicos y, con cuidado, alzaron a Iván, colocándolo sobre la camilla. La escena se desplegaba como un drama en la calle, donde la vida y la muerte danzaban en la arena con cada paso que dábamos.

—¿Con quién viene? —preguntaron.

—Conmigo —respondí.

—Súbase a la ambulancia —era la ambulancia de la Marina. Buscaron al salvavidas que sacó a Iván del agua para que subiera a ayudar; lo encontraron en una esquina, escondido, avergonzado, lejos del caos. Se negó a subir y le indicó al otro salvavidas que lo hiciera en su lugar.

Subimos los tres, el vehículo empezó a moverse a gran velocidad. Todo a mi alrededor se desdibujaba; estaba mojada, pegajosa y en traje de baño. En ese momento el mundo era un vaivén de sonidos, palabras y sensaciones… de tiempo tan relativo.

—¡Busca una cánula! —el marino le decía al salvavidas.

—¡Yo la busco! —les grité, mientras habría los cajones.

—¡No busques uno por uno! ¡Saca todo, tira todo hasta que encuentres una cánula! ¿Ustedes no tenían cánula? —miró al salvavidas.

—No, nos dan nada, más que el flotador y el aspirador para el RCP.

—¡Puta madre! Se me hace que tampoco hay cánulas en la ambulancia, ¡busca un tubo, mija! —busqué en cada compartimiento, pero no había un puto tubo, solo gasas que salían de todos lados. Gasas, guantes y alcohol, como si quienes equipaban las ambulancias creyeran que podían salvar vidas solo con eso. Un tope gigante nos hizo brincar de la ambulancia y nos fuimos de nalgas.

Por un lapso de segundos el salvavidas se quedó sentado y sacudió la cabeza, el marino lo miró a los ojos y volvió pasar sus manos por la cabeza.

—¡No, lo lograremos!

—¡Sí, continúen, continúen, yo lo hago ahora! —puse mis manos sobre el pecho de Iván y reinicié las compresiones mientras lágrimas rodaban por mis mejillas—. ¡Carajo, pinche Iván, no te vas a morir! ¿Me oyes? ¡No te vas a morir! Llevo veinte compresiones, ¿cuántas más faltan?

—Diez más y te ayudo con la respiración —respondió el marino.

—¿Me oíste cabrón? ¡No te mueras! ¡No te mueras amigo, falta que viajemos por el mundo para que te encuentres al amor de tu vida! ¿Te acuerdas? No has brincado el pinche charco. ¡No te vas a ir! ¡Haces falta, hijo de tu santa madre! No te vas a ir.

Se me quebró la voz mientras un ejército de lágrimas rodaba por mis mejillas, cayendo sobre el pecho desnudo de Iván. Me dolía sentir que no podría cumplir esa promesa, me dolía tanto. Unas manos tomaron las mías; eran las del marinero.

—Tranquila, yo te ayudo —me apartó el salvavidas y un frenazo nos lanzó hacia adelante.

Unos paramédicos abrieron la camilla para ingresar a Iván en urgencias. El salvavidas me instó a entrar y así lo hice, me dirigí a un rincón de la sala de urgencias donde habían colocado a Iván. Un grupo de enfermeras entró, seguidas por el doctor. Una de ellas me sacó de la sala y cerró la cortina.

—No me corras, por favor, déjame estar con él —no había terminado la frase cuando el doctor salió.

—¿Vienes con él? —preguntó.

—¡Sí!

—Acompáñame, por favor.

El doctor me condujo a otra sala. Había un conflicto en sus ojos, una lucha desesperada por mantener la calma y decir lo que pasaba. Se sentó detrás del escritorio, cruzó las manos y me miró directo a los ojos. Como si su alma se hubiera desvanecido, y comenzó a hablar mecánicamente.

—¿Es tu familiar?

—No, es mi amigo. Veníamos de vacaciones. ¿Doc? ¿Doctor, por qué no está con él?

—Siéntate, por favor —una enfermera cerró la puerta detrás de mí y con gesto firme deslizó la silla hacia donde estaba—. Si no hay ningún familiar, es importante que busques a los suyos y, bueno el muchacho, llegó muy mal, de hecho, varias costillas las tiene rotas y una fractura…

—¡No, no lo entiende! Todavía podemos salvarlo, estamos perdiendo el tiempo —lo interrumpí. Ahora era a mí a quien el mar asfixiaba. Todo se volvió borroso, la vista, el aire. Volvía a ser arrastrada por las olas, sumergiéndome en su furia cuando se estrellaban contra mí. Nadaba contra la corriente, pero el aire escaseaba. La voz gritaba, tambaleaba, jadeaba. Era yo quien en ese momento pedía ayuda a lo lejos, ahogándome.

—¡Doctor! No, no, no, escúcheme, vamos, yo no puedo salvarlo, pero usted sí sabe cómo, a eso venimos, ¡sálvelo! Mire, yo le ayudo, dígame cómo, por favor —el eco de mi voz resonaba en la sala, impregnado de desesperación y súplica.

—Deja de hablar tan rápido que ya tenemos suficiente con tu amigo, y si sigues así, te vas a desmayar. ¡Falleció y no se puede hacer más! Con permiso —se levantó, abrió la puerta y me dejó allí, junto a la enfermera. Me quedé paralizada, con el corazón hecho pedazos y la mente sumergida en un torbellino de preguntas sin respuestas.

Mientras iba de un lado a otro le pedía que me dejara salir, que yo podía salvarle la vida, que me dijeran cómo, que yo lo hacía, que no podía irme sin Iván. El peso de la culpa se apoderaba de mí, como una losa que amenazaba con aplastarme bajo su carga.

—¡Déjame salir, por favor! —la enfermera negó con la cabeza con gesto compasivo, como si entendiera el dolor que me consumía por dentro.

Tomé una escoba y comencé a barrer mientras entraba en un laberinto de preguntas sin respuesta. ¿Sufrió? ¿Falleció en el instante en que la ola lo golpeó, o murió cuando lo tuvimos en la arena? ¿Estaba vivo cuando lo subimos a la ambulancia? ¿Simularon el de la marina, el doctor y el rescatista todo para no dejarme sola con su cuerpo en la playa? ¿Fui egoísta al no obligarlo a salir? ¿Yo lo maté? ¿Debimos morir los dos juntos? ¿Cómo pude permitir que la muerte me ganara la batalla a mí? ¡A mí!

Cuando finalmente la calma me abrazó, y la enfermera se distrajo en algún rincón de la habitación, abrí la puerta y me escapé. Me deslicé entre las cortinas como un espectro y me posé junto a Iván. El doctor entró después de mí y pidió que me sacaran. Miré a las enfermeras y les rogué:

—¡Déjenme aquí, por favor! Me voy a portar bien, yo no hago ruido, no estorbo, solo quiero quedarme aquí —les supliqué suplique aferrándome a la única certeza que me quedaba: que no podía dejarlo solo en su último viaje.

Las enfermeras sacaron al doctor y hablaron con él. Una de ellas se quedó a mi lado, con una sonrisa de complicidad. Me senté junto a mi amigo, le acaricié el rostro, sus ojos seguían abiertos fijos al techo, apoyé mi cabeza sobre su mano izquierda. Acaricié su pantorrilla y le repetí una y otra vez que todo estaría bien, que lo regresaría a casa.

—Todo va a estar bien, Iván, ya verás, te voy a regresar a tus tierras con tu mamá. Amigo, ¿me escuchas? Todo estará bien, aquí estoy contigo, no sé si hice las cosas bien, perdóname, perdóname, por favor, no lo logré.

Me quedé allí pidiéndole perdón una y otra vez hasta que llegaron por el cuerpo.

Epílogo

Un 28 de agosto mi querido amigo Iván se despidió de este mundo. Por más que le rogué que se quedara conmigo cuando tomé su mano en la arena, no quiso, se me fue como espuma del mar, se fue en su día y en una de sus horas favoritas. Murió en el lugar más maravilloso del mundo para quedarse... en el mar (como él decía). No olvidaré su alegría, las risas, los piecitos —«cuando te regañen no te enojes, solo mueve los piecitos y ya»—. No olvidaré su alma de niño. Nunca le dije cuánto lo quería. Pensé que me iría yo primero y que había tiempo. Tiempo para llevarlo a Italia a conocer una italiana, como él decía; tiempo para escribir y contarle más historias, tiempo para vivir, ese tiempo que se me escurrió entre los dedos.